NUITS DE FLAMMES

Poésie

Sayine D. MBOUMBA-KOHO

NUITS DE FLAMMES

Poésie

Préface d'Hugues ETA

Ce livre est édité par les éditions Kemet. Vous pouvez le commander en envoyant un mail à editionskemet@gmail.com

Vous pouvez aussi l'acheter sur les sites de vente en ligne d'Amazon.

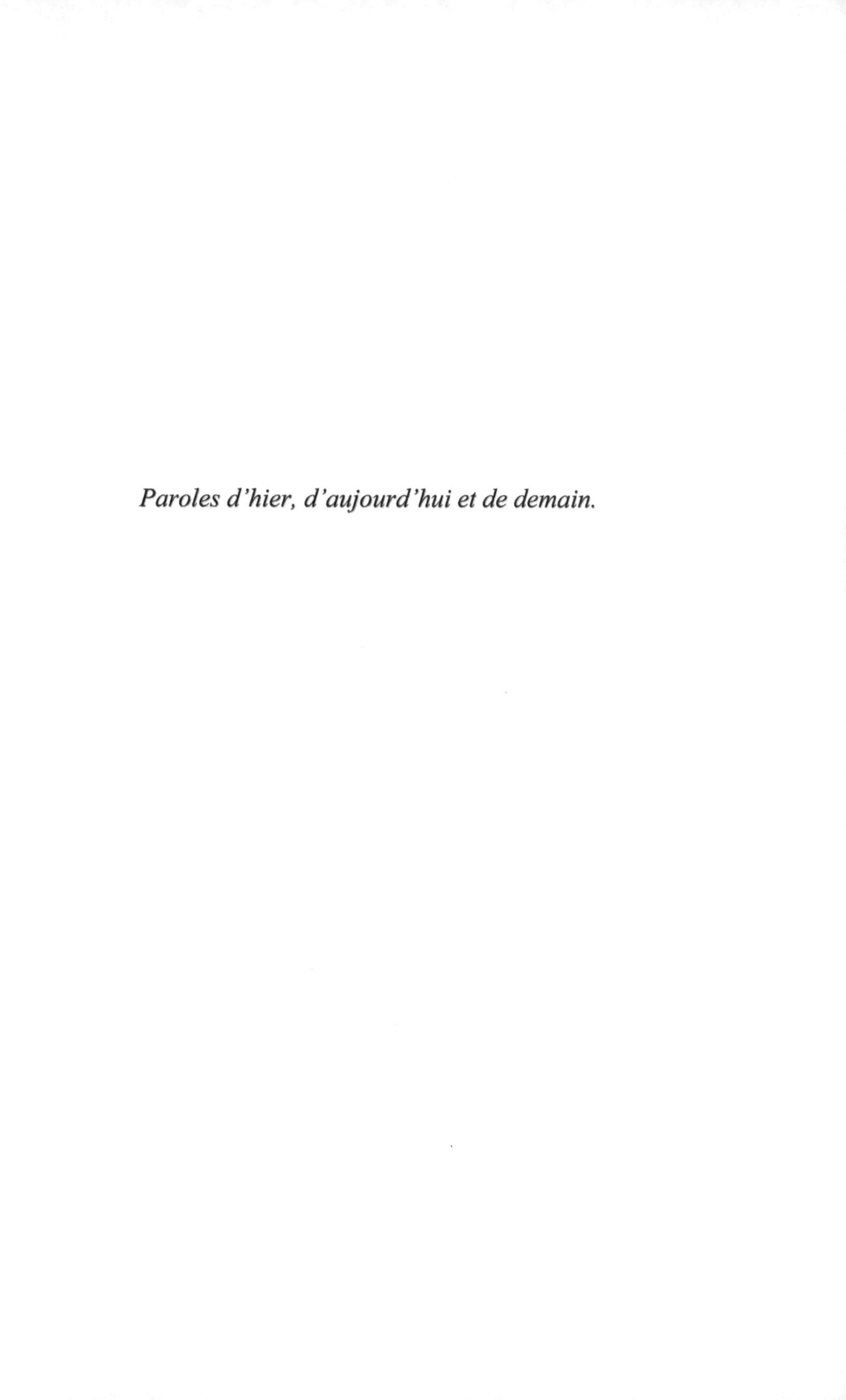

Paroles d'hier, d'aujourd'hui et de demain.

À ma mère, Bernadette Bayina Kouanda.

Dans ton repos éternel, prière aux oiseaux du village Loango de t'apporter la nouvelle.

À mon père Alain Charles Mboumba-Koho.

À tous ceux qui m'ont vu regrouper, un à un, des mots pour en faire un manuscrit plaintif à savoir :
- *Florian Chris Mapackou ;*
- *Marie-Françoise Ibovi ;*
- *Maixan Missamou-Ntondele ;*
- *Xavier Mabika Dianga.*

Préface

Écrire de la poésie n'est pas une question de choix, mais de vocation.

C'est la conclusion à laquelle l'on arrive en lisant *Nuits de flammes* de Sayine D. Mboumba-Koho.

En effet, lire le recueil de poèmes du jeune Mboumba-Koho est surtout synonyme de se retrouver sur un territoire poétique bien connu, celui de ses ancêtres à savoir Tchicaya U Tam'si et Jean Baptiste Tati-Loutard. En témoignent les vers suivants du poète : *Tu es demeuré l'aïeul de nos terres /... l'œil froissé des peuples / Giclant de douleur de ton pied bot, p. 4*

Baobab je viens scander la bande de mes plaies saignantes, p. 14. C'est le signe que le poète n'est pas l'ennemi de son époque.

Au-delà de l'identité congolaise, il y a du plaisir à reconnaître que, dans son livre, le poète respecte la poésie en tant que langage, question de ne pas trahir la renommée dont jouit sa terre natale en la matière. Mboumba-Koho a compris que la poésie s'écrit plus avec les images qu'avec les mots : *et le livre des souvenirs qui se lisait fermé, p.36 / Chaque étoile se détachait du ciel / pour nous retrouver à la folle danse ensorcelée, p.26 / Certes je suis bègue et de ma race et de ma langue, (p.5),* sont tour à tour un recours subtil à la métaphore. L'objectif : charger le texte d'un effet poétique que l'on recherche de plus en plus auprès de la nouvelle génération des poètes du cru.

Enfin, il ne serait pas osé de faire confiance au poète nouveau-né. Car il ne refuse pas d'avoir sur ses épaules l'héritage légué par ses aînés, et en même temps, il reste une promesse pour un bonheur renouvelé de la lecture des textes poétiques. *Un jour la cloche sonnera,* pour le poète, pour toute une génération…

Hugues ETA
Écrivain

Rappel aux Masques

Masque !

Dans le fauve profond du passé

De mon sol tatoué de sang

Tu es devenu l'aïeul de nos terres

Jusqu'à l'heure jaillissante de l'éléphant noir

Blessé aux barbelés de bercail

Tu es demeuré l'œil froissé des peuples

Giclant de douleur de ton pied bot

Tu y es quand même

N'êtes-vous plus nos révélateurs qui nous dirent un jour

Un jour la cloche sonnera au loin

L'Afrique aspirera des parfums ?

N'est-ce pas toi l'auditoire de serments solennels de nos âges ?

Ici on pleure en langues de feu

Là on saigne les eaux du fleuve

Sur quelle béquille des deux m'appuyer

Masques ?

La quête du langage

J'ai parcouru le monde à la recherche du langage

Parti en dépit des mots anciens

Je bégaye sur les noms de choses de ma langue

Et du manque d'alphabet tutélaire

Certes je suis bègue et de ma race et de ma langue

Moi le nourrisson du monde balancé

Au grenier natal des dieux

D'hier d'aujourd'hui et de demain

À quand sortira des terres

La lettre qui saura exciter nos plaintes

Sur une feuille peinte à pus ?

Sayine D. MBOUMBA-KOHO

Liberté

Derrière une silhouette naine

S'inspire l'histoire âpre des peuples

Liberté! On sait pour savoir

Le chien a quatre pattes

Ne point pour en distinguer

Au nombre des vertébrés quadrupèdes

Qui n'ont d'autres corps qu'eux-mêmes

J'ai le regard pointu de pieux chasseur

Fait à base d'argiles funèbres

À l'image des poètes souvent maudits

S'affaissant sous l'arbre de lignage

Nous sommes une époque branchée

Qui sait remuer la pierre tombale

Des ancêtres morts à genoux

Point sur la rue la pluie parle aux tôles.

Charme brutal

Souviens-toi quand tu produisais encore du feu

À ton jeune âge nubile

Tu éclairais toutes les silhouettes naines

Et ton nom fit éclat dans tous les cadrans obscurs

Souviens-toi quand tu polissais l'Éden

Où tout d'Ève fut vendu à l'appel de la Sanza

Toute la forêt en eut la pandémie

Avant que le plus gros des arbres

Devînt l'ombre du foyer blessé

Puisque tu as perdu l'élan des choses sûres

Et que tout le monde te quitte du fait de la talure

Minouchée hier par des vers mystiques

Ombre fatale

Encore toi qui excèdes la jalousie

De tes fils éparpillés de par le monde

À l'excès du diamant noir de l'Orient lumineux

Cet écœurement de cœurs qui fend

Le lien d'une femme tropicale

Tel le sanctuaire renié du grand prophète Ngunza

Est signe d'assoupissement du monde

Incompris à tas de fleurs et fers

Mâ Ngudi !

L'amour d'une mère ne se mesure pas au temps

Pour apaiser la douleur du bas-ventre

Soif de toujours

La rouille écrase les arbres sains
Tenant l'équilibre de ma brousse
Au temps orageux de cigales
Qui clament l'hymne de la vie vomie
Voilà que la terre encaisse
De multiples grains de pluies qui se retirent sur les mers
Afin d'abroger la soif de ses suiveurs...

Vent doux je n'ai ni eau ni nourriture dans l'estomac
Qui peuvent en tout temps
Me dessoiffer du soleil dictateur...

Génération batarde

19

La sueur de la brasserie coule encore
En gouttes de poison incisif
Dans les veines de ma jeunesse qui s'endort
Sans plus se réveiller au bruit du centaure
Je l'écoute roucouler en moi
Pigeon de nulle terre où aller

Nous vivons à présent dans un cycle de vertiges
Où on nous livre en spectacle permanent
Dans le moule du monde qui nous scie nous pile
Selon sa démarche subversive

Dans mes os j'ai encore un peu de vin
Faisant de moi le soulaud universel
Au comble du bonheur versatile.

La mort inventée

Dès la pâleur du jour l'arbre logea deux Esprits

Deux Esprits ligués contre pierre

Pour embaucher le sommeil à s'ériger dans leur visage

Comme une motte ferme le vide de l'absence

Et dans leurs intestins ils transportent des boyaux

Rouillés de faim

Ainsi la terre jaillit de phosphorescence

De la double offrande inopinée

Mais ils réclament le miracle de l'assassinat ou de l'euthanasie

Comme grâce particulière de la technique

À nous qui fabriquons la vie la mort le destin des choses

L'éternel vertige

La terre tourne dans mes yeux

Le troupeau d'hommes en rut

M'étourdissant de maux de tête nuisibles

Comme tourment du temps d'ascension

Encore que je me sens blessé

Noyé dans l'océan des larmes

Que je navigue sans port de repos

De façon les vagues vont en dérive

Je crains la salive des crocodiles qui se souviennent de leur faim

Non

La sorcellerie n'est pas dans l'œil rouge que je vois

Ce sont de petits rayons de cristal qui m'étourdissent

Dans l'unanimité du miroir à l'éclat

Nuits de l'âme

Dans le deuil noir qui refroidit les yeux

Se forme le nœud du rêve

Qui mène au creux de la flamme

Une fois éperdue

Dans la fumée du feu qui verse des larmes

Nuit ! Nuit !

Parmi tant de soleils croisés

Parmi tant de vies éblouies

Reviens luire aux ombres

L'incongruité du silence qui gicle

Dans le tympan d'un sourd

Sayine D. MBOUMBA-KOHO

L'arbre de Brazza

L'arbre saint du village Niari

Qui a vu naitre Makoko

Voyage avec l'esprit du fleuve Congo

Depuis l'époque des *fers jumeaux*

Jusqu'à l'heure conciliabule du songe trompeur

Baobab je viens scander la bande de mes plaies saignantes

À ton dos de mère porteuse d'essence

Toi qui es l'arbre de vieux oiseaux

Quel souffle me donnes-tu vis-à-vis des autres

Moi, ombre de ta pénombre

Éclaireur du casque de ta race en pays d'exil

Me voici plié à ton étrange fût

Jusqu'à ce que tu me redonnes vie

Comme tu en fais aux feuilles de nouvel an .

Oiseaux du siècle

Hier dans mon sommeil

J'ai écouté le vocal de deux oiseaux

Qui ont pleuré toute la nuit à ma tristesse

O chagrin !

Quelle triste nouvelle ont des oiseaux

Qui ne connaissent pas la douleur humaine

De pleurer si haut

Ma tristesse dans mon *pleuroir*[1]

Dans mes yeux couleurs de Dieu

Je me confonds entre l'autre et moi

Pour des oiseaux qui deviennent philanthropes

Quelle honte pour moi qu'on nomma humain

D'être aussi bête que ces deux oiseaux

Qui pleurèrent ma souffrance ?

---

[1] Lieu où l'on pleure habituellement sur ses malheurs.

L'âme inquiète

25

Même toi qui portes la veste paternelle

Des vœux aïeux

Sur laquelle reposent tes gros fils

En grâce farfelue du caméléon

L'amour d'un fils se déverse en sa mère

Quelle que soit la géographie de son sol

Déjà aux yeux de l'île Mbamu

Tu te plus à l'art de Phyllie pour saluer

Deux fois la terre que tu portas en mal

Comme si les dieux furent moins vifs

À l'invite de l'âme inquiète.

Somme de la terre

Je me lis au fond du fumet

Le spectacle d'armes et d'œuvres honteuses

Que dis-je ?

Mon passé est passé du calvaire

D'où sa gibbosité alourdit ma marche

Je n'en parle que doucement

Sans remuer la gale de mes plaies *sanguifiées*[2]

De cette vie qui demeure comme un chantier

Dans la terre des fantômes

Qu'est-ce que je dis

Cette terre est-elle de Dieu ou des hommes ?

Nzamba rembobine ce ventre du tam-tam assourdi

Cette odeur qui m'égare à des lieux paisibles

Entraine la boue à la rue cocasse

Des lendemains sans os.

---

[2] Sang compact d'une blessure qui s'ouvre à tout moment.

Fleuve témoin

L'image moribonde du monde

Où périssent en même temps mères pères

Enfants au cœur nauséabond

Attriste

J'ai été accueilli plusieurs fois en pleurs salés

De quelques âmes éprouvées de cet enclos

Fleuve témoin

Pour autant dire

Beni pleure jusqu'à l'épuisement de larmes

Que dire de la vie avec tant de regains

De nuits en flammes ?

Hélas ! Pour qui la tombe nourrit déjà

A bavé l'arbre de ce lignage

Tout au long de ses gémissements.

Amie d'enfance

Dans le sentier des goyaves

Tu tourmentais mon être de baisers

Lumineux d'amicale enfance

Or ce fut pour l'exhalaison de mes reins

Tu fus pour moi un rayon sombre

Mais au monde une étoile claire

La distance suspend notre pacte d'enfance

Quand tu manquais encore d'ailes

Nous fûmes deux moineaux

Deux moineaux maudits dignement

Par disgrâce de saisons vêtues

Tu choisis le chemin du silence

Pour fuir le vent qui fracassait

Toutes les fleurs de ton âge

Fleur que tu fus qu'en es-tu devenue ?

J'imagine si tu es tombée dans un cabinet sans merci

O toi que je cherche dans tous les puits

À reconstruire le pont de deux âges à genoux.

Sayine D. MBOUMBA-KOHO

Terre miracle

Je contemple les signes du soleil

En temps morose de mille saisons

Partis en deçà du soufre de vieux canons

Dans les bourrasques rageuses du monde d'Occident

Cependant je soulève de mon pied gauche lourdement coagulé

Latérite de mon île encore chétive

Dont la dignité *mamillaire* ruisselle

Lentement durement en terre miracle

Sous la douleur constante de mes ancêtres noyés

Dans l'océan où ils furent eux-mêmes de grands nageurs.

Poète des pays maudits

Tu portes l'ombre du figuier

Qui dissout l'overdose du soleil

En terre d'obole omise

Du poète des pays maudits

Quand la nouvelle de Soweto te pend

Celles des autres mondes t'étranglent

U Tam'si tu es né pour être pape

De la lignée d'escadrons

Mais la seule blessure qui s'ouvre si précoce

Est les guerres incessantes du terroir

En vain pour panser la silhouette du vieux cœur

Tu choisis : l'exil et la tombe.

Temps et chemin

Si jamais le soleil prend racine dans mes pieds

Sans pour autant peser le fardeau de ma nuque

Je demanderai aux fourmis magnans

D'apporter l'os du poème mythique

Au pied de l'arbre confessionnal

À celles qui s'en prennent si tôt

Sur le chemin de sables fous

D'omettre leur souffrance première

Aux ombres qui veillent à jamais

Sur les cendres des nouveau-nés

Si l'ogre au séjour des morts

 Règne dans le Mayombe

Pour mon souffle je m'inclinerai perpétuellement

Au fleuve du pas latéral.

L'insolent destin

Je t'attendais si longtemps au froid du manguier
Astre des nuits en devenir
Mes viscères rougis bredouillaient follement
Sur un refrain oublieux des Dieux
Que pour tout dire à la sonnette
D'avant l'entrée en Éden
Maintes fois Ève trahie
Mille fois tu tombas accroupie à mon sermon
En feuilles flétries du désert
Et la nature qui connaît les siens
Me dit petit-fils voici le bonheur
Auquel je t'exhortais patience
Il filait mon double et je courais dans sa sinuosité
Pour enfin je l'ai perdu !

Sayine D. MBOUMBA-KOHO

Echecs à perpétuité

Mes nuits de bosse sont perdues

Dans le deuil irrévocable de mes échecs

Plus grave dans le souvenir de craies

De chiffons ou encore de stylos

Que j'ai pu caresser dans les établissements de mon âge

Mon heure revient

Dans l'itinéraire du slogan faussé

Ruse !

Du calme dans les tympans d'un sourd

Qui gronde au bruit du tonnerre !

Carrefour de bilan

Tu sais tout du nombre de tes fils perdus

Toi la gardienne de leurs empreintes

Par l'archéologie de ton sol humide

Loango sur la balance des choses nues

Tu lies chaque chose selon son sexe et sa forme

Souterraine ou ablative du globe

Dis-moi

J'avance dans la recherche du cœur des cœurs

À faire le bilan d'entre ceux qui partirent

Dans la tramontane sous-marine

Et ceux qui restèrent dans la gloire originelle des huîtres

Lequel des deux songes au charme des sources

Pétri dans le défilé de nos morts ?

À l'époque

35

La nuit dans ses étrennes s'est levée

En wagon d'étoiles fugitives

Quand on chantait naguère

La chanson des amants

En complicité du tam-tam frémissant

Chaque étoile se détachait du ciel

Pour nous retrouver à la folle danse ensorcelée

Où tam-tam mort

Tam-tam déjà battu

Pleure pleurait et pleurera

Dans le ventre de ceux qui l'ont crevé

Belle étoile

L'encre de ma plume s'évanouit
Dans l'appétit de larmes retenues
Dès le premier coup de flammes

Mais je manque de financements pour soutenir
La nostalgie du cœur trempée de regrets
J'ai la mémoire pressée de souvenirs
Pour toi qui me sollicites en larmes
Car une étoile s'élève tard pour ne plus
Se confondre au soleil
Suivant l'ombre des choses en détour

Toi-même par ma complainte tu le sais
Chaque jour sur mon trottoir
J'efface l'ombre pour guetter le ciel
Peut-être redescendras-tu pour éclairer
Ces nuits de siècle sans fin.

L'autre visage

37

Le jour où la colombe est tombée

À Ndzedé sur nos visages s'écrivait

Un long poème de joie

Au regard du monde haïssant par nos imposteurs

La colombe l'heureux oiseau de voltige

Nous chantait de son hymne tranquille

L'inoubliable chanson de parentage

Qui nous fit danser à tout le souffle

En quelque temps devint colonne de feu

Qui infligea en nous des varicelles

Que nous grattons grattions et gratterons

Aux sommes des soleils connus.

Paysage de désolation

Je saigne miraculeusement au dos du village

Dans le sol souillé du songe

De mes espoirs noyés en mer danseuse

Le monde tend l'oreille à mon pas de danse

Où tam-tam canonise l'aïeul

Courbé en effilure d'herbes

Gosiers du soir cris de louange

Tout se formule brusquement en bruit de pleurs

Cette mer qui ondule dans mes yeux

De nouveaux fleuves de tristesse

Dont je fus le premier plongeur

Est mon unique paysage de désolation.

Sayine D. MBOUMBA-KOHO

Saison douloureuse

J'ai perdu les ailes du vent tracteur

À l'âge de l'aiguille du monde

Soudain les oiseaux de mon ciel

Se font tous déplumer au deuil de la forêt lépreuse

Même le monde que je soulève

A perdu l'éveil qu'annoncent les colibris

À chaque bois du malheur.

Plus rien ne bouge en moi

Sauf l'ombre gardienne qui suit mon éternité :

Des jours en nuits

Des siècles en flammes

Sous l'éclaircie perdue des ténèbres !

À une femme morte

Dans ta tiédeur corporelle toute neuve

Tu pilotes dorénavant en Égypte pharaonique

Dans les endroits calmes de la nuit profonde

Devant les caprices du Nil à haute et basse marrée

Au fond des vagues sourdes

Dont toi seule mesures la puissance

Si dans cette situation de mort seul le mourant

Peut mieux comprendre le trépassé

Alors dans ton vouloir de connaître

Les cendres et la voie d'Isis

Tu comprends bien l'ordre des choses

Que tout autre créature…

L'embarras

41

Je suis le chemin des étoiles

De peur qu'un être vole mes songes

Dans ce tourbillon de vagues

Où tout se noie dans mon âge

Où vais-je trouver des mamelles

De meilleures liqueurs de jeunesse

O l'enfance du lait ganté

Ma mère !

De là est parti mon bonheur .

Parcours

42

J'ai couru des centaines de kilomètres

À la poursuite du bonheur

À des jours parfois piquants de soleils

Entre-temps j'ai des jambes molles

Des jambes qui ne veulent plus courir

Les os de l'apprenti se heurtent à l'outil qui les forme

Les jambes se blessent l'outil se brise

Au nom de la race qui a nourri son pancréas

Il me reste une main tendue

Qui demande le secours boursier

Aux enfants sentant l'odeur d'encens

Avant que l'arche de la salive mouvante

Me surprenne au nez

Après que la mort a tout cassé !

Aire fraternelle

43

Je vis parmi le peuple boiteux

Ignorant du sort de son infirmité

Mais boite toujours

Entre gourmandise et frénésie

Il m'est dit

Au monde chacun porte sa hernie tribale

Ô fraternité !

J'ai les dents blanches des Blancs

J'ai le sang rouge des Rouges

J'ai les paumes jaunes des Jaunes

J'ai la peau noire des Noirs

Où est passée la couleur d'apartheid

Qui peint nos faces rabougries

Ah peuple de fausses frontières

Que dit-il du goût de vivre

La foi de nommer l'autre

Dans tous les souffles intestinaux ?

Terre complice

Nous avons une tombe commune

Qui s'apprête à nous recenser

Parmi les fouilles inertes au bourg

Nous avons un ciel penible qui s'éfforce de nous éclaireer

Au milieu d'ombres connues

En terre complice du miracle !

C'est l'insecte qui broute le poids du corps

Á son effondrement précoce

Qui est à l'œuvre dans les faibles joyeusetés humaines

Pendant que le sommeil nous caresse

Et le soleil dans son décrassage

Se déverse à son apparition prochaine

Aux yeux du monde sécrétant des lueurs.

Sayine D. MBOUMBA-KOHO

Les yeux de l'espoir

45

Bientôt la vérité des dents

Sur l'émail magique se dira

À la porte de nos lèvres épaisses

Et le livre de souvenirs qui se lisait fermé

Fermera le sol noir d'Afrique

En épi soluble du maïs

Murmurant en nous des vers fluides

Au jour d'artifice béni !

Nuits du Beach

Toi aussi qui tardes dans le sommeil

À éclairer ces nuits foncées d'estran

À l'étain mouillé de rumeurs

Fleuve Congo depuis la nuit du Beach

Jusqu'à l'aiguille du monde en course

Tu ne dis mot

Toi l'unique témoin des peuples

Combien d'os murmurent-ils

Dans tes eaux convulsives

Des containers d'âmes ?

Tes eaux sont claires de vérité

Quel verdict annonces-tu aux yeux de nostalgiques ?

Golgotha

Je suis à l'autel Kama

En présence des yeux incorruptibles

Pour présenter l'aumône de mes plaies sanieuses

Devant le tribunal du jugement Tabernacle

Que je transporte pendant des siècles

Rien que pour signifier mon Golgotha

(Le lieu de guerres possibles

Entre mon double et moi-même)

Je me lève en triple vertige

De l'homme à barbe brûlée

Publier l'huile de ses blessures

Qui saignent saignaient et saigneront

Dans l'esprit soliloque de ses transgresseurs…

Ombre intérieure

Il m'est arrivé d'avoir des idées folles

Sur la fin du monde méticuleux

Sans vouloir comprendre si l'histoire

Se prostitue avec le temps mourant

À folâtrer sur les fleuves inférieurs des vieux pays

Sans se soucier de la danse minutieuse

À l'aiguille solaire

O temps

Beau temps qui précipite l'homme à la plongée

Je t'attendrai demain à l'accueil déferlant de la Vague

Reviendras-tu à la même époque

Que le vent ventral du large ?

Qui sait si la vieillesse viendra

En Ange inconnu

Solder l'ultime guerre qui s'élève

Dans le tréfonds de moi-même

Soleil de Midi

49

Le monde est notre chanson finie

Qui nous fait danser à tout bout de vent

La folle musique de jeunesse

Jamais l'âge ne se trompe sur celui qui le porte

Doucement pas de sales guerres

Sur ta peau de remontée loyale qui t'entoure

Te porte ou t'obsède

Plaise au Mbongui que demain

Tu deviennes l'unique soleil de tous les midis

Dans ta peau femelle

Où le wax s'harmonise à tes hanches

Tu es femme de vieux soleils !

Brin de soleil

Enfin la pleine terre a ouvert ses entrailles
Pour avaler la malédiction de son fils
Proférée depuis la forêt lointaine
Sous le bois de sève scripturale
À moitié flotté entre ciel et terre
Et la poussière de débris de cendres
Sur ma route qui remplissait mon visage en deuil
Se nettoie aux pluies diluviennes
Qui tombe tout dru à mon âme
À l'exorcisme du dieu rongeur

La montagne oubliée du sale visage enfin
Aura le soleil dans ses yeux rougis

Sayine D. MBOUMBA-KOHO

Rituel d'amour

Quand le temps va m'aider

À construire l'église de Cham

Sur ton corps de piments chauds

Où tes yeux félins me verront en diable blanc

Ériger la sphère coronale

Du temple qui ne se nomme pas

En présence d'adeptes fidèles

Mais j'ai prié aux mânes du village

La livraison du secret pur

De ton cœur métallique qui ne veut pas

À la voix du fil de ma Kora

Danser l'inoubliable chant d'amour

Inspiré au prince amène Bantou

Conscience de femme

52

La nuit de cauchemars commence

Par peser sur mes paupières chaudes

Que guettent les suceurs de sang

Au milieu de jours écrasés de ténèbres

Puis j'oublie l'âge de ma mémoire

Au jour le jour je me perds dans les détails

Dit-on le feu de mon sanctuaire ne brûle plus

Néanmoins produit une fumante fumée

De mes victoires j'ai dévoré des vies

Du temps de mon œil félin

Ah les gémissements inouïs du foyer

Ont tué l'aspect suave de mon adolescence

Dont la mémoire se souvient tristement de mes feux.

La pierre de David

53

Je crie parce que le sommeil assassin

Qui conduit l'homme à l'abattoir

Me poursuit en pierre filante de David

Par consigne de rides et teignes qui m'envahissent

En sigle d'enfer prémonitoire

Que je feinte dans le dédale du mourant

À l'aube de tous les mystères

Je lis le nombre de mes jours usés

Avant d'égrener le chapelet cosmique

À noble temps du jugement dernier !

Siècle de vie

54

Maintenant je me tiens à l'unique attention

De tous les regards jetés sur moi

Par cette jeunesse mourante qui pleure

Avant moi après moi devant moi

Je suis d'ailleurs une vieille tombe qui

Pour fêter son amour charroie le fleuve

De quelques patries en surprise

Siècle de vie !

Voici la gerbe de mon âme

Comme le plus grand cri de ma jeunesse

Pendue à la corde monocorde du monde !

Témoignages

55

Je me souviens qu'un cœur me souleva
Dans sa lourde poitrine de mère
Sans étouffer la chaleur de mon être

L'amour le grand océan de la vie
Où tout le monde désire se noyer
M'a fait noyer aussi
Œuvre périssable de la terre
Je me souviens d'une terre qui m'a pris
Dans son ventre pour me nourrir
Aux dépens de ses tremblements
Où ces eaux rances de cadavres riment en moi

Dibouhou ventral

La poésie et le tambour sont la mémoire exhaustive

Née dans le cordage des mots souffrances

Ô tombes toutes chaleureuses d'âmes sensibles

Vous qui m'entendez au fond de moi-même

Anciens de Dibouhou

Souvenez-vous quand même du chimpanzé

L'ancêtre inextricable qu'il fut

Et même fondateur du tam-tam ventral

En zeste du tam-tam ému en langues berbères ?

Où meut obstinément sur des airs silencieux ou sonores

Le mirage pendu à teint du miroir brisé d'Afrique !

Sayine D. MBOUMBA-KOHO

Généalogie de douleur

C'est ici qu'on enterra Mandjinou

Sous la pierre favorite

C'est ici que Lumumba fut assassiné

Sous la neige rouge

C'est toujours ici que périt Sankara

Dans les aboiements nocturnes

C'est encore ici que mourut Kadhafi

Au cœur chargé d'Afrique

Colère de qui colère de quoi

Je viens récolter le reste de mes morts

Que la terre m'offre à chaque expiration du vent

Vent lisse du Nord

Vent fou du Sud

Et je crie aïe pour le redressement d'une douleur allongée

Moi le malheureux par suite d'éclairs travestis

Je me ris du nombre de coups sonores

Sur les jambes brisées de mes frères

En mal d'amour terrien

C'est mon sort je me dois pourtant de l'aimer
Comme vieil habit
Me porta haut jadis
Mieux que les jacinthes dormantes
Que transporte le dos du fleuve Congo.

Arracheur de bagne

Je suis arracheur de bagne

Au souffle coupé dans la nuit

Parmi tant d'autres perdus

En forme de filigranes aigrement déchus

Je suis rescapé de la grâce négative au front des fidèles

Des guerres des Tchèques et Nibolek

Je suis rescapé des piqûres de moustiques

Et du déraillement de Mvunguti

Je suis rescapé de la sorcellerie insatiable

Et des famines interminables de chaque saison

Je suis rescapé de ma poltronnerie aiguë

Et d'intentions xénophobes

Je suis l'hypothèse du facteur je suis

Ouh là-là le monde s'est trop médit de moi

Pour m'avoir pris à crédit !

Le grand jour

Voilà le jour jouissif enfin

Qu'un bouquet de fleurs tombe

Entre les mains d'une sainte

Est-ce la passiflore l'amante de deux états

Servante aux noces des mariés

Qui s'apprête à une vie d'ensemble

À l'étiage de deux familles

S'unissant au rond-point de la vie

À double quête de chose-là ?

Maintenant que la salle est pleine de voix

Je roule sur mille bougies pour donner au monde

Les couleurs qui lui manquent

Afin *d'adorner* au Nord-Kivu

L'arc-en-ciel de ses jours

Sayine D. MBOUMBA-KOHO

Paroles chaudes

Il y a des lèvres qui flambent

À la vitesse des mots qui sortent tout chauds

Comme des volcans rebelles pour dépecer

Les montagnes qui leur barrent la route

En voie des triomphes malhabiles

Des insectes nés de faux destins

Une fois la parole purifiée à la bouche du poème

Elle a le souffle du spasme légionnaire

Pour voltiger sur les arbres éléphantesques

Des paysages d'Afrique !

Secousse

62

J'écris avec la fougue de mots

Au visage d'espoir fébrile

Où ma main tremble

Au poids des tempêtes bégayantes

De cette âme qui craquelle

De ce cœur qui se bat

Au grondement de tonnerres

Tantôt stérile

De s'élire l'as !

Sayine D. MBOUMBA-KOHO

Nuits de clameurs

Je n'ai plus de souvenirs au puits du crâne

Excepté la douleur qui colle longtemps ma peau

À nuits de clameur houleuses

De ma jouvence qui s'élève

Sans plus tarder à

Réclamer les morceaux de pains laminés

Aussi acides semblent-ils

Comment estomper la demande vermiforme

À ce matin de promesse

Dans l'estomac de chômeurs

De travailleurs locataires

Ou de quelques étudiants en herbes ?

Cette rancœur de cœur qui se forme

En bombe dans les poitrines gonflées

Notez bien

On n'est pas ennemi de son époque

Quelle que soit la déliquescence de son temps

Échos de joie

Ma jeunesse s'éclaircit d'une part sur sa liberté

De mains de cris de danses de pieds

Il m'arrive d'apercevoir quelques éclats de rires

Dans son futur lambin

Mais je ne me ris pas

De convois de papillons venant de l'ouest à l'est

Que se passe-t-il ?

Ces grands nègres hongrois sont venus ce soir

Exorciser leur peuple de faux espoirs

Ce roux fleuve qui danse pour le salut de son peuple

Qui a longtemps dîné sordide

Et les visages des masques qui surplombent

Sur les quatre coins du continent

Me nomment prophète

Sayine D. MBOUMBA-KOHO

D'hier à aujourd'hui

Bientôt l'eau roulera du ciel

Pour arroser la terre close au bassin

À l'heure où l'ossuaire juvénile

S'agitera dans la nécropole où il fut planté

Nommant l'ère d'Apocalypse menaçante

De mâchoires arrachées au temps

En forme de cataclysme repris

Qui fomentent en pleine saison

À l'incinération de la forêt sacrée

Plaise que pour cette fois-ci

L'eau de ses poèmes devienne :

Le café des veilleurs d'hier à aujourd'hui

Colonisé des colonisés

Encore vivant au bain de soleil du monde

Qui éclaire l'isolement du Mont-Noir

Loango terre aux yeux de deuil ramené

J'émets ma danse sous la vigilance

De tes feux sicaires des temps

Moi colonisé des colonisés

Au moyen de ma douleur

Qui n'est ni accroupie ni allongée

Mais qui geint toujours en calendes fâcheuses

Devant le temple futile de mes pères

Morts à l'autel où ils furent des Rois-pasteurs

Sayine D. MBOUMBA-KOHO

L'odeur de Dieu

Je bois à la source de Dieu

La sueur de sa transpiration

Qui s'en va flottant mes narines de soiffard

Dans mes viscères couverts de bouffées

Je respire jour après jour l'odeur de tous les dieux

Aux visages quasiment illuminés

- Des signes humanitaires

Jusques-là je dois au ventre la jalousie de mes faims inavouées

Par l'éternelle fournaise d'Afrique qui se pérennise en moi

Quand souffre l'homme en plein transatlantique

D'abîmes remontés au vent debout

Quand sonneras-tu la trompette

Au souffle du cyclone libérateur

Sur ma terre si patiente

Aux hanches presque éboulées ?

Table des matières